Vente du Samedi 22 Janvier 1881,

HOTEL DROUOT, SALLE Nº 8.

TABLEAUX

ANCIENS ET MODERNES

GRAVURES

CADRES DORÉS, ETC.

EXPOSITION PUBLIQUE

Le Vendredi 21 Janvier 1881

DE UNE HEURE A CINQ HEURES

COMMISSAIRE-PRISEUR

Mᵉ CHARLES PILLET

10, rue de la Grange-Batelière.

EXPERT

M. FÉRAL, Peintre

54, rue du Faubourg-Montmartre.

CATALOGUE

DE

TABLEAUX ANCIENS

ŒUVRES DE

VAN BALEN, AD. BEGA, CALCAR, DOSSI DOSSO, FRANCK, VAN HUYSUM

BEAU PAYSAGE par Looten

PORTRAIT par Mignard

ET AUTRES ŒUVRES PAR

OUDRY, ORRIZONTE, VAN ROMEYN, SEGHERS, ETC.

TABLEAUX MODERNES

ŒUVRES PAR

ANTIGNA, CABAT, PAUL LAURENS, RAFFET, VALÉRIO, LANSYER, RASETTI, &c.

GRAVURES ET CADRES DORÉS

DONT LA VENTE AURA LIEU

HÔTEL DROUOT, SALLE Nº 8,

Le Samedi 22 Janvier 1881,

A DEUX HEURES.

Par le ministère de **Mᵉ CHARLES PILLET**, Commissaire-Priseur,
10, rue de la Grange-Batelière,

Assisté de **M. E. FÉRAL**, Peintre-Expert, 54, Faubourg-Montmartre.

Chez lesquels se trouve le présent catalogue.

EXPOSITION PUBLIQUE : le Vendredi 21 Janvier 1881,

De une heure à cinq heures.

CONDITIONS DE LA VENTE

Elle sera faite au comptant.

Les adjudicataires payeront *cinq pour cent* en sus des enchères.

Paris. — Typ. Pillet et Dumoulin, 5, rue des Grands-Augustins.

DÉSIGNATION

TABLEAUX ANCIENS

BALEN (J. VAN)

1 — Sept tableaux faisant pendants : sujets religieux ou bibliques.

Peintures sur cuivre.

BEELDEMAKER

2 — Chasse au tigre.

BEGA (ADRIAAN)

3 — Paysage.

Au premier plan, des chèvres broutent des chardons qui poussent au pied de quelques arbres ; à droite, un jeune homme cause avec une paysanne qui tient son enfant.

Bon tableau signé.

BIBBIENA

(DEUX PENDANTS)

4 — Monuments en ruine et personnages.

BLAIN DE FONTENAY

5 — Fleurs dans un vase posé sur une balustrade.

BREYDEL (CHARLES) dit le chevalier.

6 — Bataille.

CALCAR (JEAN)

7 — Portrait d'homme.

> Vu à mi-corps, la tête de trois quarts tournée vers la gauche, barbe blanche taillée en brosse, vêtement noir, tenant une lettre.
> Beau portrait peint sur bois.

DOSSI (attribué à DOSSO)

8 — La Nativité.

> La Vierge et des anges adorent l'Enfant Jésus, qui est couché auprès d'une construction en ruine ; à gauche, saint François ; dans le fond, des bergers.
> Bon et intéressant tableau.

DUCQ (attribué à JEAN LE)

9 — Intérieur de corps de gardes.

DYCK (d'après ANTOINE VAN)

10 — Achille découvert parmi les femmes de
Lycomède.

FRANCK

11 — Le Christ au roseau.

HÉROM

12 — Les deux Marie.

HUYSUM (J. VAN)

13 — Paysage avec constructions en ruine et personnages au premier plan.

LAIRESSE (GÉRARD DE)

14 — Sujet biblique.

LOOTEN (J. VAN)

15 — Paysage.

> Sur le devant, deux pêcheurs au bord d'un
> cours d'eau ; à gauche, l'entrée d'un bois ; vers

le fond, des champs de blé éclairés par un vif
rayon de soleil.

Très beau paysage de l'artiste, rappelant les
œuvres de J. Ruysdaël.

MIGNARD

16 — Portraits de Madame de Maintenon et de
Madame de Montespan tenant dans ses bras
le jeune duc du Maine.

ORRIZONTE (VAN BLOEMEN dit)

(DEUX PENDANTS)

17 — Paysages coupés par des cours d'eau et
constructions en ruines.

OUDRY (attribué à J. B.)

(DEUX PENDANTS)

18 — Attaques de voleurs.

OUDRY (genre de)

19 — Chien en arrêt.

POUSSIN (école de N.)

20 — Sujet mythologique.

ROMEYN (GUILLAUME VAN)

21 — Animaux au repos, dans un paysage.

RUBENS (genre de P. P.)

22 — La Vierge, l'enfant Jésus et sainte Anne.

SEGHERS (DANIEL)

23 — Guirlande de fleurs entourant un médaillon
où setrouvent la Vierge et l'enfant Jésus.

> Beau tableau du maitre, remarquable de fraicheur et de conservation.

UDEN (LUC VAN)

24 — Paysage avec figures et animaux.

VELDE (attribué à W. VAN DE)

25 — Flotte hollandaise.

ECOLE ESPAGNOLE

DEUX PENDANTS

26 — Sainte Catherine et sainte Marguerite.

> Peintures sur cuivre.

ECOLE FLAMANDE

27 — Sainte Hubertine.

ÉCOLE FRANÇAISE

28 — Une mère et son fils.

> Costumes du Directoire.

ÉCOLE FRANÇAISE

29 — Portrait d'un artiste.

> Debout devant une table, il tient un portefeuille
> et un crayon.

ÉCOLE FRANÇAISE

(DEUX PENDANTS)

30 — Portraits de jeunes femmes.
> Pastels ovales, dans des cadres en bois sculptés.

ECOLE HOLLANDAISE

31 — Portrait d'homme.

> Il est tête nue, vêtu d'une robe de chambre en
> soie grise, une écharpe blanche nouée autour du
> cou.
>
> Ce portrait porte la signature de G. Terburg.

ECOLE HOLLANDAISE

32 — Portrait d'homme vêtu de noir.

Dans le fond, les armes du personnage.

ECOLE HOLLANDAISE

33 — Portrait de jeune femme.

Toile ovale.

ECOLE HOLLANDAISE

34 — Portrait d'un savant.

Vu à mi-corps, la main appuyée sur un volume.

ECOLE HOLLANDAISE

35 — Paysage avec cavaliers auprès d'une fontaine.

ECOLE ITALIENNE

36 — Le Jugement de Pâris.

ECOLE VENITIENNE

37 — Diane découvrant la grossesse de Calisto.

38 — Sous ce numéro seront vendues des gravures.

39 — Cadres en bois doré et en bois sculpté.

TABLEAUX MODERNES

ANTIGNA

40 — Jeune Fille endormie dans un bois.

ANTIGNA

41 — Etude d'arbres.

ANTIGNA

42 — Etude de haies.

ANTIGNA

43 — Etudes de fleurs.

CABAT (LOUIS)

44 — Paysage. — Au centre, un bouquet d'arbres auprès d'une mare.

Signé.

CARRIER-BELLEUSE (LOUIS)

45 — Jeune Femme dans un jardin.

GALLARD LEPINAIS

46 — Laveuses au bord d'une rivière.

LAURENS (P. P.)

47 — Paysanne italienne tenant un tambour de basque.

Esquisse.

MARILHAT (attribué à PROSPER)

48 — Une Sablonnière.

MERY

49 — Un Nid de guêpes.

NAUDIN

50 — Le Moineau de Lesbie.

RAFFET (LE FILS)

51 — Entrée de forêt.

Beau et important paysage de l'artiste.

RIOULT

52 — Léda.

SCHEFFER (d'après ARY)

53 — Faust.

VALERIO

54 — Chevaux à l'abreuvoir.

ECOLE MODERNE

55 — La Rencontre.

ECOLE MODERNE

56 — Paysage.

———

56 *bis*. — Sous ce numéro seront vendus les tableaux et dessins non catalogués.

———

TABLEAUX ANCIENS & MODERNES

APPARTENANT A DIVERS

ALLEGRAIN (ÉTIENNE)

57 — Paysage accidenté coupé par un cours d'Eau.

> Au premier plan un groupe de personnages faisant de la musique.
> Gracieuse composition.

BREUGHEL (PIERRE)

58 — Intérieur rustique.

HOBBÉMA (genre de)

59 — Chaumière au bord d'une mare.

LARGILLIÈRE (d'après)

60 — Portrait de jeune femme.

MEULEN (d'après P. VAN DER)

61 — Louis XIV, à cheval.

OUDRY (d'après J. B.)

62 — Chien gardant du gibier.

PARMESAN (d'après le)

63 — Le Repos de la Sainte Famille.

POTTER (genre de PAUL)

64 — Les Gardeurs de porcs.

RAPHAEL (d'après)

65 — Portrait de jeune femme.

RUBENS (d'après)

66 — Suzanne et les Vieillards.

VERDIER (attribué à)

67 — Quatorze petits tableaux faisant pendants.
Sujets bibliques et sujets religieux.

WATTEAU (d'après)

68 — Le Repos dans le parc.

ECOLE ITALIENNE

69 — Lucrèce.

ECOLE FRANÇAISE

70 — La Madeleine dans le désert.
Gouache.

TABLEAUX MODERNES

DAUBIGNY

71 — Paysage.

Effet de soleil levant.

CHAMPMARTIN

72 — Portrait de jeune garçon.

HAUMENS (GEORGES VAN)

DEUX PENDANTS

73 — Paysages coupés par des cours d'eau.

LANSYER (EMMANUEL)

74 — Une grotte à marée basse ; baie de Douarnenez.

Ce tableau a figuré au salon de 1875 et à l'exposition universelle de 1878.

RASETTI (G.)

75 — Fileuse auprès du berceau de son enfant.

RASETTI (G.)

76 — Le Chapelet.

Tableau ayant obtenu une mention honorable au Salon.

RASETTI (G.)

77 — La Porte du jardin.

RASETTI (G.)

78 — Auprès du poêle.

RASETTI (G.)

79 — La Basse-Cour.

RASETTI (G.)

80 — Le Faucheur.

ROUSSEAU

81 — Château en ruines.

SAINT-ANGE CHASSELAT

82 — Aux environs de Rome.
Aquarelle.

ECOLE MODERNE

83 — Composition allégorique.
Aquarelle.

ECOLE MODERNE

84 — Un Savant dans son cabinet.

85 — Sous ce numéro seront vendus quatre tableaux de l'Ecole moderne et deux gravures.